AF498286

ADRESSE

A LA

NATION ANGLOISE,

POËME PATRIOTIQUE,

PAR UN CITOYEN,

SUR LA GUERRE PRESENTE.

A AMSTERDAM,

& se trouve

A PARIS,

Chez Laurent PRAULT, Quay des Augustins, près
la rue Gist-le-cœur, à la source des Sciences.

M. DCC. LVII.

AVERTISSEMENT.

ON a cru, qu'il étoit permis de dire hautement la
vérité à une Nation, qui l'a dit
ſi hardiment à ſes Rois dans ſes
très - humbles Adreſſes.

ADRESSE

A LA

NATION ANGLOISE.

EPUBLICAINS altiers vains Defpotes
des Mers,
Conjurant la Tempête & bravant les
revers,
Vous n'écoutez donc plus qu'un aveu-
gle courage,
Et vous joignez le crime au plus indigne outrage !
Ainfi donc l'Équité la Franchife & l'Honneur,
Tout fe tait aujourd'hui devant votre fureur !
Et tandis qu'à fon gré, dans une paix profonde,
Uniffant de fes nœuds tous les Peuples du Monde,
L'Augufte Humanité, reprenant tous fes droits,
Étendoit en tous lieux fon Empire & fes Loix,
Enyvrés des fuccès, dont votre Orgueil fe flatte,
Aux yeux de l'Univers votre injuftice éclate,
Et par mille attentats vous rendant odieux,
Soulévent contre Vous les Hommes & les Dieux !
Sont-ce là ces Héros, fi fameux par leur Zéle,
Qui de tous leurs Voifins embraffant la querelle,

Nés pour donner aux Rois des leçons d'Équité;
Combattoient pour la Gloire & pour la Liberté:
Qui, sur la Bonne-foi, fondant leur Politique,
Défenseurs généreux de la Cause Publique,
Tenoient seuls la balance entre les Potentats;
Et prétendoient fixer le destin des États?
Non. Vous ne feignez plus: Votre audace inouïe
A dévoilé votre ame à l'Europe éblouïe,
Et vous cessez d'offrir à ses yeux prévenus
L'Étalage pompeux de vos fausses Vertus.
O comble d'impostures! O politique infâme!
Digne en effet des Cœurs que l'Intérét enflâme;
Sans doute il Vous sied bien, à tant de *Majesté* (1)
D'unir tant de Bassesse, & tant d'atrocité.
Peuple présomptueux, fier de ton opulence,
Déja, pour signaler ta farouche insolence,
Tu croyois, secondé de tes nombreux Vaisseaux,
Avoir trouvé l'instant d'écraser tes Rivaux;
Tu te félicitois, & dans ton cœur coupable,
Te livrant aux conseils de la Haine implacable:
» Nature, (disois tu) si ton Droit est réel,
» Tout est permis à l'Homme, & rien n'est criminel;
» Il naît d'abord pour lui, l'Instinct de son bien être
» Est sa Régle premiere, & son unique Maître.
» Non, jamais tu n'admis ni vertus ni forfaits,

(1) Tout le monde connoît la *Majesté du Peuple Anglois*,
ce titre si singulier, dont un Pair de la *Grande Bretagne*
hazarda le premier de se servir en plein Parlement & que la
Nation, depuis ce tems là semble avoir adopté.

» La Loi feule aux humains en impofa le faix.
» Leur utilité propre, en chaque conjonture,
» Pour eux du bien, du mal eft l'exate mefure ;
» Et, felon que chacun fe fent déterminé,
» Il rend, pour être heureux, un autre infortuné.
» Nous prétendons à tout, & l'intérêt d'un autre
» Jamais un feul moment ne balance le Nôtre.
» La Force établit feule & le Droit & le Tort,
» Et la fuprême Loi, c'eft la Loi du plus fort.
» Malheur à tout Mortel, dont la folle imprudence,
» Entreprendroit un jour de borner ma Puiffance. »
Tu dis, & de tes mains *Jumonville* égorgé   (2)
Verfe un fang généreux, qui doit être vengé.
Humanité facrée ! O Juftice ! O Nature !
O Loix des Nations ! . . . . Vois, ô Race parjure,
Vois frémir l'Habitant de ces fauvages lieux ,
Au fpetacle fanglant, dont Tu repais tes yeux !
Barbares, voilà donc voilà, de ce Carnage ,
Que longtems à loifir médita votre Rage,
Le prélude funefte, & l'horrible fignal !
De votre Ambition tel eft l'excès fatal !
    Vers ces Lieux réculés, où loin du bruit des armes,
Au fein d'un doux repos, à l'abris des allarmes,
Les Humains refpiroient, &, dans ce fiécle encor,
Rappelloient à nos cœurs les jours de l'Age d'or,
Où du fier Conquérant la brutale furie

(2) Un des premiers & des principaux exploits des Anglois
dans cette Guerre a été d'affaffiner de fang froid M. de *Jumon-*
ville Député vers Eux pour leur faire des propofitions de Paix,

N'avoit jamais troublé la paisible Industrie,
Sur ces tranquilles bords, dans ces heureux climats,
Vous appellez Bellone & le Dieu des Combats. (3)
Comme un Torrent fougueux descendu des mon-
     tagnes,
A flots précipités roule dans les campagnes ;
Tels, déployant au loin Votre bras destructeur,
Vous portez en tous lieux le dégât & l'horreur ;
Élancés tout à coup par delà ces Limites,
Qu'à vos vœux insensés les Dieux avoient prescrites,
De l'Amérique enfin les vastes Régions
Ouvroient un nouveau champ à vos invasions.
Votre main forcenée, aux deux bouts de la Terre,
Ralume en un instant le flambeau de la Guerre.
Déjà Tout est en feu dans cent Climats divers ;
L'Épouvante & la Mort habitent l'Univers.
Dans vos hardis projets guidés par l'Avarice,
Et contre la Candeur vous armant d'Artifice,
Oui, c'est Vous qu'on a vûs, portant dans Votre sein
Toute la cruauté du féroce Africain,
Plus altérés encor de butin que de gloire.
Par des chemins honteux courir à la Victoire,
Et, Vainqueurs sans périls, par de lâches travaux,
En Brigands effrénés, triompher sur les Eaux. (4)

(3) Premieres hostilités des Anglois dans l'Amérique Septentrionale à l'occasion des prétentions respectives de la France
& de la Grande Bretagne par rapport aux limites de l'Acadie.

(4) Brigandages commis par les Anglois dans les Mers de
l'Amérique & de l'Europe au milieu de la paix, tandis qu'ils
amusoient la France par des négociations.

Comme on voit le Vautour, plein d'ardeur & de
    joye,
Voler rapidement & fondre sur sa proye;
Tels & plus furieux, dans vos transports jaloux;
Vous osez, à l'envi déchaînés contre Nous,
Et des plus saintes Loix profanateurs perfides,
Insulter à la Paix par d'affreux parricides.
Tremblez, Anglois, tremblez: Justement irrité,
Opposant la valeur à la férocité,
La foudre dans les mains, votre Ennemi s'avance,
Et précipite enfin l'instant de sa vengeance.
Oubliez votre audace, & perdez tout espoir;
Tremblez, plus son courroux fut lent à s'émouvoir;
Plus l'effet en doit être & rapide & terrible;
Au François outragé Tout sans doute est possible.
L'Honneur arme son bras pour venger la Vertu:
Déja *Braddock* expire à ses pieds abattu; (5)
A la voix de Louis, bientôt *Minorque* tombe,
Richelieu se présente & *Blackeney* succombe. (6)
Au destin de mon Roi Tout céde en ce moment,
Superbe Nation; Et ce vaste Élement,
Qui sans cesse inquiet, agité par l'orage,
De tes emportemens offre à nos yeux l'image,
Cette Mer, qui jadis causoit ton fol Orgueil,

(5) Défaite & mort du Général *Braddock* devant le Fort du
Quesne le . . . . 1755.

(6) Conquête de l'Isle de *Minorque* & prise du Fort *S. Philippe* par M. le Maréchal Duc de Richelieu dans le mois de
Juin 1756.

(7) Cause aujourd'hui ta honte & devient ton cer-
    ceuil.

Envain mille forêts, mille déserts immenses
Sembloient te protéger, inutiles Deffenses !
A travers les Rochers, les Monts & les Frimats,
L'intrépide *Moncalm* cherche, atteint tes Soldats,
Triomphe, & couronnant ses exploits magnanimes,
Prêt à les immoler, pardonne à ses victimes. (8)
    Viens, admire, & pâlis : Vois au sein de nos Ports,
Cent Pavillons flottans, qui menacent tes Bords,
D'armes, d'agrés divers ces amas formidables,
De Matelots actifs ces esseins innombrables ;
Vois tous ces appareils, ouvrage d'un moment,
Vois & profite au moins de ton étonnement.
Apprends à te connoître, à respecter la France,
A ne plus envier son utile abondance,
Son Commerce, ses Arts, son Luxe, sa Splendeur,
Dans tes iniquités ne mets plus ta grandeur :
Et couverte d'affronts sur la Terre & sur l'Onde,
Calme enfin tes esprits, rends le repos au Monde.
Mais quoi ! Dans les accès d'un affreux désespoir,
Tu perds en vains efforts un reste de pouvoir ;
Ç'en est fait, & ce coup va décider ta perte.
Je vois de tes Vaisseaux la Mer au loin couverte,

    (7) Combat Naval du 20 May 1756. entre la Flotte Fran-
çoise, commandée par M. le Marquis de la *Galissonière* Lieute-
nant Général des Armées Navales du Roy, & la Flotte An-
gloise Commandée par l'Amiral *Byng*, dans lequel celle-ci fut
battue & mise en fuite.
    (8) Prise d'*Oswigo* & d'autres Forts Anglois situés sur le
Lac *Ontario* dans l'Amérique Septentrionale.

[11]

Je les vois s'avancer fecondé par les Vents ;
Et vômir fur nos Bords tes derniers combattans.
(9) Vers ces Lieux, où Ton fang, témoin de notre
      Gloire
De ta bonte à jamais retrace la mémoire, (10)
Achetant la vengeance au prix de mille horreurs,
Tu cours aveuglément à de nouveaux malheurs.
Que tes revers paffés, ta difgrace préfente
Pour l'avenir au moins te glacent d'épouvente ;
Arrête... Ou, fi pour Toi la guerre a tant d'attraits,
Laiffe goûter ailleurs les doux fruits de la Paix,
Et dans tes murs, au gré de ta fureur extrême,
Sans ceffe chaque jour te tourmentant toi-même,
Va, pour s'entredétruire, armer tes bataillons,
Et de ton fang impur abreuver tes fillons.......
Quels murmures ! Quels cris ! Quelle horrible li-
      cence !
L'air mugit, l'éclair brille, & l'orage commence !
Ciel ! Déja mon préfage eft prêt à s'accomplir.
Preffés par vos deftins, ardens à les remplir,
O Tyrans de vos Rois, arrogans Infulaires,
Du devoir & des loix franchiffant les barrieres,
Le fer, la flâme en main, Anglois, où courez vous ?
Quelle illuftre Victime eft en but à vos coups ?

(9) Defcente des Anglois dans l'Ifle d'Aix près de la Rochelle, au nombre de 12000 hommes de débarquement dans le
mois de Septembre 1757.

(10) Les Anglois firent une defcenté peu glorieufe pour eux
dans l'Ifle de Rhé en 1627 lors du fameux fiége de la Rochelle
par le Cardinal de Richelieu.

(11) O *Byng* infortuné, ton ingrate Patrie
T'arrache en même tems & l'honneur & la vie ;
Tel est l'indigne prix de tes soins glorieux.
Gouvernement bizare ! O Peuple impérieux !
Chez qui l'absurde Loi, du haut de la Tribune,
Commande à la Valeur d'enchaîner la Fortune !
Esclave du Caprice & de la Vanité,
Immolant ton bonheur au nom de *Liberté*,
Fiere *Albion*, poursuis, consomme ton ouvrage,
Défole tes foyers, pille, égorge, ravage ;
De l'affreuse Discorde agitant le flambeau,
Fais de ton Isle entiere une immense Tombeau.

(11) L'Amiral Byng condamné à mort par le Conseil de
Guerre, pour n'avoir pas réussi à faire lever le siége du Fort *S.*
Philippe & arquebusé à *Portsmout* à bord du Vaisseau *le Monarque*
le 14 Mars 175.

F I N.